大きな文字で
読みやすい

置かれた場所で咲きなさい

はじめに

修道者であっても、キレそうになる日もあれば、眠れない夜もあります。そんな時に、自分をなだめ、落ち着かせ、少しだけでも心を穏《おだ》やかにする術《すべ》を、いつしか習いました。

三十代半ばで、思いがけず岡山に派遣《はけん》され、翌年、大学学長に任命されて、心乱れることも多かった時、一人の宣教師《せんきょうし》が短い英詩を手渡してくれました。

Bloom where God has planted you.

（神が植えたところで咲きなさい）

「咲くということは、仕方がないと諦《あきら》めるのではなく、笑顔で生き、周囲の人々も幸せにすることなのです」と続いた詩は、「置かれたところこそが、今のあなたの居場所なのです」と告げるものでした。

置かれたところで自分らしく生きていれば、必ず「見守っていてくださる方がいる」という安心感が、波立つ心を鎮《しず》めてくれるのです。

咲けない日があります。その時は、根を下へ下へと降《お》ろしましょう。この本が、読む方の心に少しでも和《やわ》らぎをもたらすようにと願っています。

小さきは小さきままに、
神をたたえて生きよう。
タンポポはタンポポで、
バラはバラでいい。

雑草という名の草が
植物図鑑にないように、
雑用という用もない。
用を雑にした時に、
雑用は生まれる。

自分が変わらなければ
何をしても、
どこへ行っても同じ。
幸せを〝あなたまかせ〟にしない。

人見るも良し、
人見ざるも良し、
われは咲くなり。

大きな文字で読みやすい

置かれた場所で咲きなさい

目次

Bloom where
God has planted you.

人はどんな場所でも幸せを見つけることができる

私は三十歳間際《まぎわ》で修道院に入ることを決意し、その後、修道会の命令で修練《しゅうれん》のためアメリカに行き、修練終了後、再び命令で学位を取り、三十五歳で日本に戻りました。次の命令で岡山のノートルダム清心女子大学に派遣《はけん》され、その翌年、二代目学長の急逝《きゅうせい》を受けて思いがけない三代目の学長に任命されました。三十六歳でした。

東京で育った私にとって、岡山は全く未知の土地であり、さらにこの大学は、初代も二代目もアメリカ人の七十代後半の方が学長を務めていました。その大学の卒業生でもなく、前任者たちの半分の年齢にも満たない私が学長になったのですから、周囲もさることながら、私自身、驚きと困惑《こんわく》の渦中《かちゅう》にいました。

修道院というのは、無茶と思えることでも、目上の命令に逆らうことは許されないところでしたから、私も「これが神の思《おぼ》し召し」として従ったのです。

初めての土地、思いがけない役職、未経験の事柄の連続、それは私が当初考えていた修道生活とは、あまりにもかけはなれていて、私はいつの間にか〝くれない族〟になっていました。「あいさつしてくれない」こんなに苦労しているのに「ねぎらってくれない」「わかってくれない」

自信を喪失《そうしつ》し、修道院を出ようかとまで思いつめた私に、一人の宣教師が一つの短い英語の詩を渡《わた》してくれました。その詩の冒頭の一行、それが「置かれたところで咲きなさい」という言葉だったのです。

岡山という土地に置かれ、学長という風当たりの強い立場に置かれ、四苦八苦《しくはっく》している私を見るに見かねて、くださったのでしょう。

私は変わりました。そうだ。置かれた場に不平不満を持ち、他人の出方で幸せになったり不幸せになったりしては、私は環境の奴隷《どれい》でしかない。人間と生まれたからには、どんなところに置かれても、そこで環境の主人となり自分の花を咲かせようと、決心することができました。それは「私が変わる」ことによってのみ可能でした。

いただいた詩は、「置かれたところで咲きなさい」の後に続けて、こう書かれていました。「咲くということは、仕方がないと諦《あきら》めることではありません。それは自分が笑顔で幸せに生き、周囲の人々も幸せにすることによって、神が、あなたをここにお植えになったのは間違いでなかったと、証明することなのです」

私は、かくて〝くれない族〟の自分と訣別《けつべつ》しました。私から先に学生にあいさつし、ほほえみかけ、お礼をいう人になったのです。そうしたら不思議なことに、教職員も学生も皆、明るくなり優しくなってくれました。

「置かれたところで咲く」この生き方は、私だけでなく学生、卒業生たちにも波及《はきゅう》しました。

ノートルダム清心女子大学にも、自分の本意ではなく、この大学に入学した〝不本意入学者〟がいます。その人たちにいう、「時間の使い方は、そのまま、いのちの使い方なのですよ。置かれたところで咲いていてください」という言葉は、私自身の経験に裏打ちされているからでしょうか。学生たちの心にも響《ひび》いて、届いてくれるようです。

結婚しても、就職しても、子育てをしても、「こんなはずじゃなかった」と思うことが、次から次に出てきます。そんな時にも、その状況の中で「咲く」努力をしてほしいのです。

どうしても咲けない時もあります。雨風が強い時、日照り続きで咲けない日、そんな時には無理に咲かなくてもいい。その代わりに、根を下へ下へと降ろして、根を張るのです。次に咲く花が、より大きく、美しいものとなるために。

若くして亡くなったキリスト教詩人の、八木重吉《やぎじゅうきち》の詩に、

神のごとくゆるしたい
ひとが投ぐるにくしみをむねにあたため
花のようになったらば神のまへにささげたい
（「しづかな朝」より〝ゆるし〟）

というものがあります。

「置かれたところ」は、つらい立場、理不尽《りふじん》、不条理な仕打ち、憎《にく》しみの的である時もあることでしょう。信じていた人の裏切りも、

その一つです。

人によっては、置かれたところがベッドの上ということもあり、歳《とし》を取って周囲から〝役立たず〟と思われ、片隅《かたすみ》に追いやられることさえあるかもしれません。そんな日にも咲く心を持ち続けましょう。

多くのことを胸に納め、花束にして神に捧《ささ》げるためには、その材料が必要です。ですから、与えられる物事の一つひとつを、ありがたく両手でいただき、自分しか作れない花束にして、笑顔で、神に捧げたいと思っています。

どんなところに置かれても花を咲かせる心を持ち続けよう。

境遇を選ぶことはできないが、
生き方を選ぶことはできる。
「現在」というかけがえのない時間を
精一杯生きよう。

働き

一生懸命はよいことだが、休息も必要

「私は、木を切るのに忙しくて、斧《おの》を見る暇《ひま》がなかった」

一人の実業家が、定年後に語ったというこの述懐《じゅっかい》を、私は自戒《じかい》の言葉として受けとめています。寸暇《すんか》を惜しんで、他人《ひと》よりもよい木を、より速く、より多く切ることに専念したこの人が、仕事をしなくてよくなった時に見出《みいだ》したのは、刃がボロボロに欠けた斧でした。木を切る手を時に休めて、なぜ、斧をいたわってやらなかったかを悔《く》やんだ言葉でした。

働きにおいては、大きな成果を挙げたとしても、木を切っていた斧である自分自身が、その間、心身ともにすり減っていたとしたら、本末転倒《ほんまつてんとう》ではないでしょうか。「全世界を自分のものにしても、自分自身を失ったら、何の益があるだろうか」というイエスのみことばが思い出されます。

『大言海《だいげんかい》』によれば、「ひま」はレジャーとしての暇ではなく、「日《ひ》間《ま》」、日の光の射《さ》しこむ間と記されています。私たちの心が、働くことでビッシリ詰まっている時、そこには日の光が射しこむ隙間《すきま》がありません。忙しさには、字が示すように、心を亡《ほろ》ぼし、ゆとりを失わせる危険が伴います。

私がノートルダム清心女子大学の学長をしていた時、時折学生がノックして部屋に入ってくることがありました。「いらっしゃい」と迎《むか》えるべきなのに、仕事に追われている時など、つい「何の用」という言葉で迎えてしまい、「別に用はないんですが、ちょっとお話ししたくて」と、すまなさそうに部屋を出てゆく学生の後ろ姿に、何度「ごめんなさい」とつぶやいたかわかりません。

「働き」そのものはすばらしくても、仕事の奴隷《どれい》になってはいけない。いつも木を切る斧に油をさし、いたわる日間を忘れないでいたいと思います。

働くことはすばらしい。しかし、仕事の奴隷になってはいけない。

きちんとまわりが見えているだろうか？
心にゆとりがないと
自分も他人もいたわれない。

委ねる

人は一人だけでは生きてゆけない

人間は不完全で弱い者ですから、すべてを自分一人でやり遂《と》げることは不可能で、他人に委《ゆだ》ねる部分、頼んでしてもらうこと、分担《ぶんたん》することが必要です。

生まれつき勝ち気のせいもあって、他人に頭を下げて頼むことが嫌いな上に、幼い時から、「自分のことは、自分でしなさい」と、厳しくしつけられていた私は、人に委ねることが下手《へた》でした。

その私が、思いがけず、三十六歳の若さと経験不足のまま、四年制大学の学長に任命されたものですから、いろいろ苦労をいたしました。管理職にある者は、何を、どこまで他の人に委ね、自分は何をすべきかが識別できる人でなければならなかったからです。

その日から八十五歳の今日に至るまで、ずっと管理職にあって、数え切れない多くの失敗も重ねましたが、委ねるということについても、多くを学びました。

その一つは、委ねるに際しては、相手を信頼しなければいけないということでした。二つ目は、委ねるということは、決して〝丸投げ〟することではなく、要所要所でチェックをして、委ねっ放しでないことを相手にもわからせるということ。そして最後に、一番大切なことは、委ねた結果がよかった時は、その人の功績とするけれども、結果が悪かった時は自分が悪者となることを恐れないということです。

参加意識を育てるためには、自分でしたくても、他の人に〝委ねる〟大切さも学びました。

神に委ねる時も同じです。神を信頼し、自分もすべきことをしながら、結果については、すべてをみ旨《むね》として謙虚に受けとめる自分でありたいと願っています。

結果がよかった時は、
人の功績に。悪かった時は、
自分が悪者となる。

委ねるということは、
人に感謝するとともに、
自分自身に責任を持つということ。

未来への発展

つらい日々も、笑える日につながっている

「人生は学校で、そこにおいては、幸福より不幸のほうがよい教師だ」といった人がいます。多分、誰もが、この言葉に納得する経験をしているのではないでしょうか。

つまり、現状よりもよくなる状態を〝発展〟と呼ぶのだとすれば、少なくとも人生においては、順風満帆《じゅんぷうまんぱん》の生活からよりも、山あり、谷ありの人生、失敗もあれば挫折《ざせつ》も味わう、苦労の多い人生から立ち上がる時のほうが、発展の可能性があるということなのです。

いつしか女子大生とかかわるようになって、五十年近く経《た》とうとしています。その間、学生、卒業生の自死という悲しい経験も何度かしました。そんな時、その人たちの苦しみを思い、冥福《めいふく》を祈りながら学生たちに話したものです。

「死にたいと思うほどに苦しい時、〝苦しいから、もうちょっと生きてみよう〟とつぶやいてください」苦しみの峠《とうげ》にいる時、そこからは必ず下り坂になります。そして、その頂点を通り越す時に味わった痛みが、その人を強くするのです。

二〇一一年三月十一日の東日本大震災は、確かに千年に一度といわれる大災害でした。これによって、日本の未来への発展の青写真は大きく変わりました。個人の生活においても、家、家族を失い、職場は消失、または崩壊し、職を失った人たちにとって、〝発展〟という言葉は遠退《とおの》いたかに見えます。

しかし、にもかかわらず、この災害によって、未来への発展への道が閉ざされたと考えてはならないのです。後ろ向きでなく、前向きに考える時、この災害があったがゆえに、新しい知恵が必要とされ、人々の考え方にも革新が迫《せま》られています。長い目で見た時、この災害もきっと、未来への発展につながってゆくことを信じています。

苦しい峠でも必ず、下り坂になる。

人はどんな険《けわ》しい峠でも
越える力を持っている。
そして、苦しさを乗り越えた人ほど
強くなれる。

現実を
受け入れる

神は力に余る試練を与えない

心の悩みを軽くする術《すべ》があるのなら、私が教えてほしいくらいです。人が生きていくということは、さまざまな悩みを抱《かか》えるということ。悩みのない人生などあり得ないし、思うがままにならないのは当たり前のことです。もっといえば、悩むからこそ人間でいられる。それが大前提であることを知っておいてください。

ただし悩みの中には、変えられないものと変えられるものがあります。例えばわが子が障がいを持って生まれてきた。他の子ができることも、自分の子はできない。「どうしてこの子だけが……」と思う。それは親としては胸を掻《か》きむしられるほどのせつなさでしょう。しかし、いくら悲しんだところで、わが子の障がいがなくなるわけではない。その深い悩みは消えることはありません。この現実は変えることはできない。それでも、子どもに対する向き合い方は変えられます。

生まれてきたわが子を厄介者《やっかいもの》と思い、日々を悩みと苦しみの中で生きるか。それとも、「この子は私だったら育てられると思って、神がお預《あず》けになったのだ」と思えるか。そのとらえ方次第で、人生は大きく変わっていくでしょう。

もちろん、「受け入れる」ということは大変なことです。そこに行き着くまでには大きな葛藤《かっとう》があるでしょう。しかし、変えられないことをいつまでも悩んでいても仕方がありません。前に進むためには、目の前にある現実をしっかりと受け入れ、ではどうするかということに思いを馳《は》せること。悩みを受け入れながら歩いていく。そこにこそ人間としての生き方があるのです。

今あなたが抱えているたくさんの悩み。それらを一度整理してみてください。変えられない現実はどうしようもない。無理に変えようとすれば、心は疲れ果ててしまう。ならば、その悩みに対する心の持ちようを変えてみること。そうすることでたとえ悩みは消えなくとも、きっと生きる勇気が芽生えるはずですから。

現実が変わらないなら、悩みに対する心の持ちようを変えてみる。

悩み疲れる前に、別の視点から考えてみよう。
見方が変われば、たとえ悩みは消えなくても、
勇気が芽生える。

神の呼びかけ

自分の良心の声に耳を傾ける

旧約聖書の中には、神が度々《たびたび》、預言者たちに呼びかけて、なすべきことを示しておられる様子が記されています。新約聖書では、「私についてきなさい」というキリストの呼びかけに応じて、十二人の弟子たちはキリストに従いました。聖パウロはダマスコへ行く途中で、「サウル、サウル」という呼びかけに回心《かいしん》し、偉大な使徒となったのでした。

司祭、修道者になった人々は、このような神の呼びかけに応じて、その道に入ったと考えてよいでしょう。神は今も、私たちに日常生活の中で、呼びかけておられます。
ある小学校の六年になる女子の一人が、次のような詩を書いています。

「王さまのごめいれい」
といって、バケツの中へ手を入れる
「王さまって、だれ？」
「私の心のこと」

おそらく、寒い朝、ぞうきんをゆすいでいるのでしょう。冷たい水の入ったバケツに手を入れ、しぼらないといけない時の心の動きが、この詩に表現されています。「いやだなあ」という気持ち、「でも、しないといけない。王さまのご命令だから」という、自分自身との会話。

実は、私たち一人ひとりの心の中にも、この〝王さま〟は住んでおられるのです。ためらっている私たちに、善《よ》いことを「しなさいよ」とすすめ、悪いことを「してはいけません」と制止していてくださるのです。

神の呼びかけは、かくて、電車の中で、高齢の方に席を譲《ゆず》ろうか、譲るまいか、嘘《うそ》をつこうか、つくまいか、こぼした水を拭《ふ》こうか、そのままにしておこうかと、ためらっている私たちに、どうしたらよいかを囁《ささや》いてくださっています。この「王さまのご命令」に耳を傾け、従って、生きてゆきたいものです。

私たちの心の中に、善いことをすすめ、悪いことを制止してくれる〝王さま〟が住んでいる。

悩んだ時、迷った時、困った時。
そんな時は、自分の良心の囁きに
耳をすまそう。

心に笑顔を

ほほえみを絶やさないために

「顔で笑って、心で泣いて」という言葉は、何となくわかるのですが、心に笑顔を持つというのは、どのような場面をいうのでしょう。

信仰詩人といわれ、若くして亡くなった八木重吉《やぎじゅうきち》が、次のような詩を残しています。

いきどおりながらも
うつくしいわたしであろうよ
哭《な》きながら　哭きながら

うつくしいわたしであろうよ

この詩がうたっている「うつくしいわたし」こそが、心に笑顔のある人なのかもしれません。

三十代の後半で四年制大学の学長に任命された私は、教職員や学生から、あいさつされるのが当り前と考え、そうしない相手に、〝いきどおり〟を感じる傲慢《ごうまん》な人間でした。

その私が、ある日「ほほえみ」という詩に出合って変わったのです。その詩の内容は、自分が期待したほほえみがもらえなかった時、不愉快になってはいけない。むしろ、あなたの方から相手にほほえみかけなさい。ほほえむことのできない相手こそ、あなたからのそれを、本当に必要としている人なのだから、というものでした。

最初、「そんな不合理な」と思った私はやがて、これこそキリストが求める「自分がされて嬉《うれ》しいことを、他人にしなさい」という愛の教えなのだと気付いて、実行したのです。

ところが、私からのほほえみを無視する人たちがいました。そんな相手に〝いきどおらず、美しいわたしであるために〟、私はこう考えることにしたのです。「今の私のほほえみは〝神さまのポケット〟に入ったのだ」と。そう考えて、心の中でニッコリ笑うことができるようになりました。美しいわたしであるために、むしろ、ありがたくさえ思えるようになったのです。

「私のほほえみは、〝神さまのポケット〟に入ったのだ」と考える。

思い通りにならない時もある。
いきどおらず、
視点を変えてみる人になろう。

人に恥じない生き方は心を輝かせる

二〇一一年三月、東日本大震災に襲われた日本に、諸外国から多くの支援金や物資とともに送られて来たのは、被災《ひさい》した日本人のマナーについての賞讃《しょうさん》でした。とはいうものの、一部では買い占《し》めがあったことも事実のようです。

一九二三年に起きた関東大震災の折に、自由学園創立者の羽仁《はに》もと子さんがお書きになったものを読み、感銘《かんめい》を受けました。二人の娘さんが、お米や必需品を買っておきましょうといったのに対して、羽仁さんはいわれました。「いいえ、その必要はありません。家にあるものをまず使いましょう。他の家族がお米がないのに、わが家がご飯を食べているとしたら、それは、不名誉《ふめいよ》なことです」

これこそは、美しく生きようとした人の言葉であり、正しい意味で、人間の名誉ということを理解していた人の考え方でした。

名誉といえば勲章《くんしょう》をもらうこと、高い地位や権力を手に入れることしか考えていない日本人がいるとすれば、その生きている姿は、決して美しいとはいえません。美しく生きるということは、お金や物とは必ずしも一致していないのです。

マザー・テレサが初めて日本に来られた時、一番びっくりしたのは、「きれいさ」だったといわれました。街並、建物、服装のすべて。しかし、こうもいわれたのです。「きれいな家の中に、親子の会話、夫婦のいたわり合い、ほほえみがないとしたら、インドの小屋の中で仲睦《なかむつ》まじく暮らす家族の方が豊かです」

「きれいさ」はお金で買えます。美しさは買えません。それは、自分の生き方の気高さ、抑制ある態度、他人への思いやりの深さ、つまり、心の輝きとして培《つちか》われてゆくものなのです。

「うばい合えば足らぬ。わけ合えばあまる」相田みつをさんの言葉です。

きれいさはお金で買えるが、心の美しさは買えない。

心の美しさは、自分の心との戦いによってのみ得られる。

子どもの手本に

母の背中を手本に生きる

文房具類を万引して捕まった子どもに、父親がいったそうです。
「馬鹿だなあ。このぐらいのものなら、いくらでもパパが会社から持って帰ってやったのに」

子どもは、親や教師のいう通りにはなりませんが、親や教師のする通りになります。ですから、子どもには、周囲によい手本がなければならないのです。「なってほしい子どもの姿」を、親も教師も自ら示す努力をしなければならないということでしょう。

私の母は、高等小学校しか出ていない人でした。父と結婚後、田舎《いなか》から都会へ出てきて、父の昇進とともに、妻としてのふさわしい教養を苦労して身につけたのだと思います。

その母が「あなたたちも努力しなさい」といった時、自ら手本となっていた母の姿に、私たち子どもも返す言葉がなく、ただ従っていたのでした。

母はよく諺《ことわざ》を使って、物事のあるべきようを教えてくれました。その一つに、「堪忍《かんにん》のなる堪忍は誰もする。ならぬ堪忍、するが堪忍」というのがありました。

母は本当に我慢《がまん》強い人でした。私などにはわからない苦労を、黙って耐《た》えていたのでしょう。誰にでもできる我慢は、我慢のうちに入らない。ふつうなら到底できない我慢、忍耐、許しができて、初めて「堪忍」の名に値するのだという教えでした。

この教えは、私の八十五年の生涯を何度も支えてくれました。ある会議の席上で、きわめて不当な個人攻撃を受けたことがありました。会議終了後、何人かが「シスター、よく笑顔で我慢したね」といってくれたのですが、母のおかげです。私は亡き母に、「よいお手本をありがとうございました」と、心の中でつぶやいていました。

子どもは親や教師の「いう通り」にならないが、「する通り」になる。

子どもに何かを伝えるのに
言葉はいらない。
ただ、誠実に努力して
生きていくだけでいい。

ほほえみが相手の心を癒す

ある時、一人の大学生から葉書をもらいました。「シスターの心には、波風が立つことはないのですか。いつも笑顔ですが」

私は返事を書きました。「とんでもない。波風が立つこともあります。ただ、自分で処理して、他人の生活まで暗くしないように、気をつけているだけなのです」と。

シスターになったからといって、人間である限り、いつも心が平穏であるはずはありません。心ない人の言葉や態度に傷つき、思うようにいかない物事に心騒がせ、体の不調から笑顔でいることがむずかしいこともあります。生来、勝気な私は、特に管理職という立場にいることもあって、人前では明るく振る舞い、笑顔でいるように心がけています。暗い顔をしても物事がうまくいくわけではなし、他人の生活まで暗くする権利はないと、自分に言い聞かせていることは確かです。

生まれつき笑顔の少なかった私が、笑顔を多くし始めたのは、誠にお恥《は》ずかしいきっかけからでした。二十代に入って、アメリカ人と一緒に働くようになったある日、一人の男性職員から、「渡辺さんは笑顔がすてきだよ」といわれたことによるのです。ほめるということは大切なのですね。

笑顔で生きるということに、もう少し自分らしい意味を与えるようになったのは、三十代になってからの「ほほえみ」という詩との出合いでした。「お金を払う必要のない安いものだが、相手にとっては、非常な価値を持つものだ」という言葉に始まる詩は、次のように締めくくられていました。

もしあなたが　誰かに期待した
ほほえみが得られなかったなら
不愉快になる代わりに
あなたの方から　ほほえみかけて　ごらんなさい
ほほえみを忘れた人ほど
それを必要とする人は　いないのだから

この詩との出合いは、私の笑顔の質を変えました。チャームポイントとしての笑顔から、他人への思いやりとしての笑顔、そしてさらには、自分自身の心との戦いとしての笑顔への転換の始まりとなったのです。それは、ほほえむことのできない人への愛の笑顔であると同時に、相手の出方に左右されることなく、私の人生を笑顔で生きるという決意であり、主体性の表れとしての笑顔でした。

そして、この転換は、私に二つの発見をもたらしてくれました。

その一つは、物事がうまくいかない時に笑顔でいると、不思議と問題が解決することがあるということです。お姑《しゅうとめ》さんとうまくいかない卒業生が、「シスター、本当ですね。注意された時に、笑顔で『ありがとうございました』というようにしてから、二人の間がとてもよくなったのですよ」と、報告してくれました。

もう一つの発見は、自分自身との戦いの末に身についたほほえみには、他人の心を癒《いや》す力があるということです。とってつけたような笑顔でもなく、職業的スマイルでもなく、苦しみという土壌に咲いたほほえみは、お金を払う必要のないものながら、ほほえまれた相手にとっては大きな価値を持つのです。ほほえまれた相手を豊かにしながら、本人は何も失わないどころか、心豊かになります。

不機嫌は立派な環境破壊だということを、忘れないでいましょう。私たちは時に、顔から、口から、態度から、ダイオキシンを出していないでしょうか。これらは大気を汚染し、環境を汚し、人の心をむしばむのです。笑顔で生きるということは、立派なエコなのです。

ある日、修道院の目上の方が私にいいました。「シスター、何もできなくなってもいいのよ。ただ、笑顔でいてくださいね」ありがたい言葉です。この同じ言葉を、年齢にかかわりなく、かけ合ってゆきたいものです。

何もできなくていい。ただ笑顔でいよう。

笑顔でいると、
不思議と何事もうまくいく。
ほほえまれた相手も、
自分も心豊かになれるから。

さわやかな風

心に風を通して
よどんだ空気を入れ替える

ある時、学生の一人が自殺したことがありました。いのちについて一緒に考えていた人だったので、いっそう悲しくつらい思いでした。次の講義の初めに黙禱《もくとう》した後、この学生の冥福《めいふく》のため、「苦しいから、もうちょっと生きてみよう」を、約束事にする、と皆で申し合わせました。

数日後、廊下で大学の寮の寮長をしていた四年生と出会ったのですが、その頃、学寮にいろいろな問題が起きていたことを知っていた私は、「あなたも大変ね」と声をかけました。するとその学生が、笑顔で、しかしきっぱりと、「はい、大変です。大変だから、もうちょっとがんばってみます」と答えて、足早に去ってゆきましたが、去った後に、一陣《いちじん》のさわやかな風が廊下を吹き抜けていったのを、今も覚えています。

「スカッとさわやか」を宣伝文句にして売り出された清涼飲料があったように記憶しています。今や、さわやかな香りも人工的に作り出せる世の中です。しかし、これらお金で買えるさわやかさは、私たちの毎日の生活の中にある煩《わずら》わしさ、うっとうしさを払拭《ふっしょく》してくれるものではありません。

心のさわやかさは、お金では買えないのです。それは、生きることのむずかしさから逃げることなく、その一つひとつをしっかり受けとめて、「大変だから、もうちょっとがんばってみます」という心意気から生まれるのです。ピンチをチャンスに変える、聡明《そうめい》さと明るさが生み出す健気《けなげ》さこそが、心のさわやかさとなって表れるのです。

苦しいからこそ、もうちょっと生きてみる決意をする時、そこには、さわやかな風が立って、生きる力と勇気を与えてくれるのです。

苦しいからこそ、もうちょっと生きてみる。

生きることは大変だが、
生きようと覚悟を決めることは、
人に力と勇気を与えてくれる。

あなたが大切

心に届く愛の言葉

数年前のある朝のことです。一人の中学二年生の自殺を告げる電話があり、報告を終えた校長は、「入学してから今日まで、あれほど、いのちを大切にしましょう、いのちは大切、と話してきたのに」と嘆《なげ》くのでした。

翌週、私の大学での講義が、たまたま、いのちに関するものだったので、この件に触れ、学生ともども生徒の冥福《めいふく》を祈りました。

私の授業は、集中講義で人数が多いこともあって、出欠席はメモで取り、学生はメモの提出時に、任意ですが、裏に感想や疑問などを書いてよいことになっています。その日の授業後に提出されたメモを読んでいたところ、次のメモが目に留《と》まりました。

「最近、こんなCMがありました。いのちは大切だ。いのちを大切に。そんなこと、何千何万回いわれるより、〝あなたが大切だ〟誰かにそういってもらえるだけで、生きてゆける」その学生は続けて、「近頃、この言葉の意味を実感しました。〝私は大切だ。生きるだけの価値がある〟そう思うだけで、私はどんどん丈夫になってゆきます」この学生は、きっと誰かに〝君が大切〟といわれて生きる自信をもらい、〝丈夫〟になっていったのでしょう。二年後卒業していきました。

いのちは大切と何度教室で聞かされても、ポスターで読んでも、そのことが実感できていなくては、だめなのです。実感するためには、心に届き、身に沁《し》みる愛情が必要なのだと、私も自分の経験を思い出しました。

六十年以上も前のことになります。戦後、経済的に苦しい中で高等教育を受けさせてもらっていた私は、英語も習いたくて、通学しながら上智大学の国際学部という夜学で、教務のアルバイトをしていました。そこは、当時日本に駐留していたアメリカの軍人、兵士、家族などを対象とした夜学でした。

戦争中、英語はご法度《はっと》だったこともあって私の英語力は貧《まず》しく、初めての職場経験ということもあり、仕事も決して一人前のものではありませんでした。

そんなある日、仕事の上司でもあったアメリカ人神父が私に、「あなたは宝石だ」といってくれたのです。兄や姉に比べても、劣等感を持ち、自分は「石ころ」としか考えていなかった私は、一瞬耳を疑いました。しかし、この言葉は、それまで生きる自信のなかった私を、徐々に〝丈夫〟にしてくれたのです。

「宝石だ」これは私の職場での働きに対していわれたのではなく、存在そのものについていわれたのだということに気付くのに、さして時間はかかりませんでした。旧約聖書のイザヤ書の中に、神が人間一人ひとりを、「私の目に貴《とうと》い」といっているからです。

後に教育の場に身を置くことになった私にとって、これは得難《えがた》い経験でありました。つまり、人間の価値は、何ができるか、できないかだけにあるのではなく、一人のかけがえのない「存在」として「ご大切」なのであり、「宝石」なのだということ。それが体感でき、魂《たましい》に響く教育こそが、カトリック教育なのだということに気付いたのです。

生前、私が教えている大学に来て学生たちに話をしてくださったマザー・テレサは、どこから見ても「宝石」とは考えられない貧しい人々、孤児、病者、路上生活者を、「神の目に貴いもの」として手厚く看護し、〝あなたが大切〟と、一人ひとりに肌で伝えた人でした。マザーの話に感激した学生数人が、奉仕団を結成して、カルカッタに行きたい、と願い出たことがあります。それに対してマザーは、「ありがとう」と感謝しつつも、「大切なのは、カルカッタに行くことより、あなたたちの周辺にあるカルカッタに気付いて、そこで喜んで働くことなのですよ」と優しく諭《さと》されたのです。

今、〝あなたが大切〟と感じさせてくれる、そのような愛情に飢《う》えている人が多くいます。この大学は、自分も他人も「宝石」と見て、喜んで周辺のカルカッタで働く人たちが育つ大学であってほしいと願っています。

〃あなたが大切だ〃と
誰かにいってもらえるだけで、
生きてゆける。

人は皆、愛情に飢えている。
存在を認められるだけで、
人はもっと強くなれる。

順風満帆《じゅんぷうまんぱん》な人生などない

私たち一人ひとりの生活や心の中には、思いがけない穴がポッカリ開くことがあり、そこから冷たい隙間風《すきまかぜ》が吹くことがあります。それは病気であったり、大切な人の死であったり、他人とのもめごと、事業の失敗など、穴の大小、深さ、浅さもさまざまです。その穴を埋めることも大切かもしれませんが、穴が開くまで見えなかったものを、穴から見るということも、生き方として大切なのです。

ある時、女子大生たちに講義の中で、この人生の穴について話したことがありました。その後夏休みが明けて、再び教壇に戻った時、一人の四年生が来て、いいました。「シスター、この休みの間に、私の人生に穴が開きました」

話はこうでした。自分は、思いがけず婦人科の手術をしなければならないことがわかって、その手術を受けた。手術は成功したが、医者から、子どもが産めなくなったかもしれないと知らされた。自分にとって非常にショックだったのは、結婚を前提につき合っている男性が、無類の子ども好きだったからである。隠《かく》しておこうかとも思ったけれども、いつかはわかることだからと覚悟を決めて打ち明けた。するとその男性は、自分の話を聞き終えた後、優しく、「心配しなくてもいい。僕は、赤ちゃんが産める君と結婚するんじゃなくて、〝君〟と結婚するんだから」といったという。

そこまで話して、その学生は泣いていました。「もし、私の人生に、この穴が開かなかったら、結婚しても一生、相手の誠実さと愛の深さを私は知らないで過ごしたかもしれません」この学生は、自分の人生に開いてしまった〝穴〟のおかげで、穴が開くまで見えなかったものを見ることができたのでした。神さま仏さまの愛に近い、相手の「無条件の愛」に気付いたのです。このように人生の穴からのみ、見えてくるものがあります。そこから吹いてくる風の冷たさで、その時まで気付かなかった他人の愛や優しさに、目を開かされることがあるのです。

以前、こんな話を読みました。深くて暗い井戸の底には、真っ昼間でも、井戸の真上の星影が映っている。井戸が深ければ深いほど、中が暗ければ暗いほど、星影は、はっきり映る。肉眼では見えないものが、見えるというのです。

私の人生にも、今まで数え切れないほど多くの穴が開きましたし、これからも開くことでしょう。穴だらけの人生といっても過言ではないのですが、それでも今日まで、何とか生きることができたのは、多くの方々とのありがたい出会い、いただいた信仰のおかげだと思っています。宗教というものは、人生の穴をふさぐためにあるのではなくて、その穴から、開くまでは見えなかったものを見る恵みと勇気、励ましを与えてくれるものではないでしょうか。

たくさんいただいた穴の中で、私が一番つらかったのは、五十歳になった時に開いた「うつ病」という穴でした。この病のつらさは、多分、罹《かか》った者でなければ、わからないでしょう。学長職に加えて、修道会の要職にも任ぜられた過労によるものだったと思いますが、私は、自信を全く失い、死ぬことさえ考えました。信仰を得てから三十年あまり、修道生活を送って二十年が経《た》つというのに。

入院もし、投薬も受けましたが、苦しい二年間でした。その時に、一人のお医者様が、「この病気は信仰と無関係です」と慰《なぐさ》めてくださり、もう一人のお医者様は、「運命は冷たいけれども、摂理《せつり》は温かいものです」と教えてくださいました。「摂理」――この病は、私が必要としている恵みをもたらす人生の穴と受けとめなさいということでした。そして私は、この穴なしには気付くことのなかった多くのことに気付いたのです。

かくて病気という人生の穴は、それまで見ることができなかった多くのものを、見せてくれました。それは、その時まで気付かなかった他人の優しさであり、自分の傲慢《ごうまん》さでした。私は、この病によって、以前より優しくなりました。他人の弱さがわかるようになったのです。そして、同じ病に苦しむ学生たち、卒業生たちに、「穴から見えてくるものがあるのよ」といえるようにもなったのです。

人生にポッカリ開いた穴から
これまで見えなかった
ものが見えてくる。

思わぬ不幸な出来事や失敗から、
本当に大切なことに
気付くことがある。

時を待つ

生き急ぐよりも心にゆとりを

「〝待てば海路の日和《ひより》あり〟というから」といって、イライラする私に、時を待つことの大切さを教えてくれたのは、母でした。

長じて、聖書を読むようになった私は、「天の下の出来事には、すべて定められた時がある」というコヘレトの書の中に、「神のなさることは、すべて時宜《じぎ》にかなって美しい」という真理も知るようになりました。臥薪嘗胆《がしんしょうたん》とか隠忍自重《いんにんじちょう》という四字熟語も、時を待つことの大切さを教える言葉でした。

このように、願っていることの成就《じょうじゅ》のために、苦しくても我慢《がまん》して待つことを教えられたはずなのに、私は、日常の些細《ささい》なことで、それを行ってこなかったことにある日気付き、実行する決心を立てたのです。

私が住んでいる修道院は、大学内の建物の四階にあるので、毎日のように九人乗りの小さなエレベーターで出勤し、帰宅しています。ある日、階数ボタンを押した後、無意識に「閉」のボタンを押している自分に気付きました。つまり、ドアが自然に閉まるまでの時間、大体四秒ぐらいの時間が待てないでいる自分に気付いたのです。

そして、考えさせられました。「四秒すら待てない私」でいいのだろうかと。事の重大さに気付いた私は、その日から、一人で乗っている時は「待つ」決心を立てたのです。

この決心は少しずつですが、「他の物事も待てる私」に変えてゆきました。待っている間に、小さな祈り、例えばアヴェマリアを唱える習慣もつけてくれました。学生たちのため、苦しむ人たちのため、平和のために祈れるのです。時間の使い方は、いのちの使い方です。待つ時間が祈りの時間となる、このことに気付いて、私は、何かよいことを知ったように嬉《うれ》しくなりました。

時間の使い方は、
そのまま
いのちの使い方になる。

待つことで、
心にゆとりができると気付いた時、
生きている「現在《いま》」は、
より充実したものになる。

目標

理想の自分に近づくために

私が修道院でいただいている個室の壁に、「三キロ減量」という一枚のメモが貼ってあります。お恥ずかしい限りなのですが、現在の私の目標の一つです。同じメモには、その目標達成の手段として、「間食をしないこと」とも書いてあります。

病気をして背が低くなったために、身長に比べて体重が多いということを注意されて、自分が立てた目標であり、それに到達するための手段なのですが、このように低い次元のものであっても、その達成には努力がいります。自分自身との日々の戦いが求められます。

ノートルダム清心学園の校訓は、「心を清くし、愛の人であれ」です。信仰が何であろうと、カトリック校に学ぶ人たちの共通目標として、キリストとマリアが理想像であり、その生き方がお手本として挙げられるのです。


果たしてどこまで、この高い目標に近づけるかはわかりませんが、学園に学ぶ間に、相手を思いやり、罪人、病者、弱い人を大切になさった、「愛の人」キリストのように、生徒たちが、見棄《みす》てられがちな人をいつくしむことのできる優しい人になってほしいのです。

また、「心の清い人」マリアに倣《なら》い、世間体とか自分の利益に心奪われることなく、自分の良心の声に従い、神のまなざしの前に生きることができる人に育ってほしいのです。

そこに至る道筋がこの校訓に示されています。

目標を立てることは易《やさ》しくても、達成への道のりは険《けわ》しく、倒れることもあるでしょう。でも、歩き続けること、倒れたら立ち上がって、また歩き続けることが大切なのです。

誘惑に負けて、時に間食をしてしまうだめな私を、キリストはいつも優しく、温かいまなざしで見守っていてくださいます。

倒れても立ち上がり、
歩き続けることが大切。

時には立ち止まって休んでもいい。
再び歩き出せるかが、
目標達成の分かれ道。

希望

つらい夜でも朝は必ず来る

希望には人を生かす力も、人を殺す力もあるということをヴィクター・フランクルが、その著書の中に書いています。

フランクルはオーストリアの精神科医でしたが、第二次世界大戦中、ユダヤ人であったためナチスに捕えられて、アウシュビッツやダハウの収容所に送られた後、九死に一生を得て終戦を迎えた人でした。

彼の収容所体験を記した本の中に、次のような実話があります。

収容所の中には、一九四四年のクリスマスまでには、自分たちは自由になれると期待していた人たちがいました。ところがクリスマスになっても戦争は終わらなかったのです。そしてクリスマス後、彼らの多数は死にました。

それが根拠のない希望であったとしても、希望と呼ぶものがある間は、それがその人たちの生きる力、その人たちを生かす力になっていたのです。希望の喪失《そうしつ》は、そのまま生きる力の喪失でもありました。

二人だけが生き残りました。この二人は、クリスマスと限定せず、「いつか、きっと自由になる日が来る」という永続的な希望を持ち、その時には、一人は自分がやり残してきた仕事を完成させること、もう一人は外国にいて彼を必要としている娘とともに暮らすことを考えていたのです。

事実、戦争はクリスマスの数ヶ月後に終わったのですが、その時まで生き延びた人たちは、必ずしも体が頑健《がんけん》だったわけではなく、希望を最後まで捨てなかった人たちだったと、フランクルは書いています。

希望には叶《かな》うものと叶わないものがあるでしょう。大切なのは希望を持ち続けること、そして「みこころのままに、なし給《たま》え」と、謙虚にその希望を委《ゆだ》ねることではないでしょうか。

希望には
叶わないものもあるが、
大切なのは
希望を持ち続けること。

希望の喪失は、生きる力の喪失でもある。
心の支えがあれば、
どんなつらい状況でも耐え抜くことができる。

忍耐

愛する人のために
いのちの意味を見つける

障がいがあるわが子のために、どんなにつらくても、生きていてやらねばならないと思うと、一人の卒業生が手紙に書いてくれました。

「生きるべき〝何故《なぜ》〟を知っている者は、ほとんどすべての〝いかに〟に耐《た》える」といったのは、哲学者のニーチェです。生きなければならない理由がある人は、どんなに苦しい状況の中でも、生きてゆく方法を見出せるのです。

ナチスの収容所から生還した精神科医のヴィクター・フランクルは、その著書『死と愛』の中に、一人の囚人が結んだ「天との契約」について書いていています。この囚人がナチスの収容所に囚《とら》われ極限状況の中で耐え抜き、生き延びることができたのは、この契約によるものでした。

その契約とは、天との取引でした。「もし自分が死なねばならない運命ならば、その死は自分の愛する母親に、その分いのちを贈ることになる」という契約でした。また、「自分が死まで苦悩を耐え忍べば忍ぶほど、母親は苦しみの少ない死を迎えることができることになる」という契約でもありました。

このように、自分の死にも苦しみにも、意味を持たせた時にのみ、苦悩に満ちた収容所の生活を耐え忍ぶことができ、死を甘んじて受け入れる覚悟ができたというのです。そして収容所内の、全く無意味としか思えなかった自分のいのちは、このような意味を与えることで、意味あるものとなったのでした。

母親がその時点で、収容所内で生きていたかどうかはわからない。しかし、生死とかかわりなく、精神的に、愛する人への犠牲の喜びと使命が、この囚人を高圧電流が通っている鉄条網に向かって走る、つまり、自殺から救ったのだというのです。忍耐は、それがより大きな意味を持つ時に可能になるのです。

自分のいのちに意味を与えることで、苦しい状況でも生きてゆくことができる。

人は「愛する人のために生きたい」と、思うことでより強くなれる。愛は生きる原動力。

老人の輝き

いぶし銀の輝きを得る

坂村真民《さかむらしんみん》という四国の詩人が、八十歳を過ぎて詠《よ》んだ詩の中に、

老いることが
こんなに美しいとは知らなかった
老いることは……
しだれ柳のように
自然に頭のさがること……

と書いています。

老醜《ろうしゅう》という言葉が示すように、とかく老人は醜《みにく》く、弱々しく、哀《あわ》れなものと考えられがちです。特に今の日本のように、若さをよいもの、強さを望ましいものと考えがちな世の中には、それらの価値を喪失《そうしつ》したものとして、老いを軽んじ侮《あなど》る傾向があります。

私も、いつの間にか八十五歳になりました。坂村真民さんのように、老いることが美しいとは、正直にいって思えていません。ただ、確かに、若い時には考えていなかった一日の重さ、「今日も一日生かしていただく、ありがたさ」を身に沁《し》みて感じ、かつて、できていたことが、できなくなった自分の弱さをいやというほど知って、他人に頭を下げる謙虚さを、いつしか身につけるようになりました。

このような自分の内部に湧《わ》いてくる感謝の念と謙虚さが、もしかすると「輝き」となっているのかもしれません。それは、若さが持っている、いのちの溢《あふ》れとしての輝きではなく、長い間生きてきたことの積み重ねがもたらす、いぶし銀のような輝きなのです。

何かを失うということは、別の何かを得ることでもあります。若い時には、できていたことができなくなる。それは悲しいことだけではは必ずしもなくて、新しい何かを創造してゆくことなのです。今日より若くなる日はありません。だから今日という日を、私の一番若い日として輝いて生きてゆきましょう。これこそは老人に与えられた一つのチャレンジなのです。

毎日を「私の一番若い日」として輝いて生きる。

歳《とし》を取ることは悲しいことではない。
新しい何かにチャレンジして、
いつも輝いていよう。

歳《とし》を重ねてこそ学べること

誰しも歳は取りたくないと思いがちですが、ある時、次のような言葉に出合いました。「私から歳を奪《うば》わないでください。なぜなら、歳は私の財産なのですから」

この言葉に出合って以来、私の心には、「財産となるような歳を取りたい」という思いが芽生えました。そして、自分らしく生きるということ、時間を大切に過ごし、自分を成長させていかなければならないのだということに、改めて気付かされたのです。

肉体的成長は終わっていても、人間的成長はいつまでも可能であり、すべきことなのです。その際の成長とは、伸びてゆくよりも熟してゆくこと、成熟を意味するのだといってもよいかもしれません。

不要な枝葉を切り落とし、身軽になること、意地や執着を捨ててすなおになること、他人の言葉に耳を傾けて謙虚になることなどが「成熟」の大切な特長でしょう。

世の中が決して自分の思い通りにならないこと、人間一人ひとりは異なっていて、お互い同士を受け入れ許し合うことの必要性も、歳を重ねる間に学びます。そして、これらすべての中に働く神の愛に気付き、喜びと祈りと感謝を忘れずに生きることができたとしたら、それは、まぎれもなく「成長」したことになり、財産となる歳を取ったことになるのです。

成長も成熟も、痛みを伴います。自分と戦い、自我に死ぬことを求めるからです。一粒の麦と同じく、地に落ちて死んだ時にのみ、そこから新しい生命が生まれ、自らも、その生命の中に生き続けるのです。

「一生の終わりに残るものは、我々が集めたものでなく、我々が与えたものだ」

財産として残る日々を過ごしたいと思います。

一生の終わりに残るものは、
我々が集めたものでなく、
我々が与えたものだ。

人は何歳になっても、
精神的に成熟することができる。
謙虚になることが成熟の証《あかし》である。

年の瀬に想う

これまでの恵みに感謝する

「瀬」という一語には、いろいろな意味があると、『広辞苑』は記しています。浅瀬というように、川の浅くて歩いて渡れるところ。早瀬というように、水流の急なところ。点・節《ふし》。年の瀬という時、一つの年から次の年にバトンタッチする点・節目と考えていいのではないでしょうか。

年の瀬と聞いて連想するものの一つは除夜《じょや》の鐘《かね》。往《ゆ》く年、来る年の節目をつけてくれます。そして、その時までに済ませないといけない数多くのこと。かくて十二月は師走《しわす》とも呼ばれ、ふだんは悠然《ゆうぜん》と構えているお師匠さんたちも走り回る忙しさ、慌《あわただ》しさを表しています。

家族構成、生活様式の変化に伴って、かつては年の瀬につきものだったスス払《はら》い、大掃除、お節《せち》料理ごしらえも、随分《ずいぶん》と簡略化され、その忙しさから解放されているようです。

私は修道院に入会してからアメリカの大きな修練院に送られたのですが、そこで初めて迎えた「年の瀬」は、それまで経験したことのない雰囲気の中で過ごさせられました。年末の三日間は静修《せいしゅう》の日として、静けさのうちに過ごすのです。第一日目は、一年間を反省する日、二日目は一年間にいただいた恵みを思いおこす感謝の日、そして三日目は、新しい年をいかに過ごすかという決意をかためる日だったのです。

「きりをつける」という点で、これは年の瀬を過ごすにふさわしい内容でした。平素の忙しさの中で見失っていた「自分の内部」を見つめる機会になりました。

私たちはいつか、自分の「一生涯」にきりをつける日を迎えます。いつ訪れるかわからないこの「年の瀬」に備えて、日々反省して許しを願い、すべてに感謝して過ごすことこそ、年の瀬に想うべきことなのではないでしょうか。

年の瀬は大きな節目。心静かに「自分の内部」を見つめる機会。

年の瀬は一年を振り返る節目の時期。
同様にいつか訪れる、
人生の「年の瀬」も
感謝の気持ちで迎えよう。

老いに負けない

ふがいない自分と仲よく生きていく

数年前に患《わずら》った膠原病《こうげんびょう》の治療。その薬の副作用で私は骨粗鬆症《こつそしょうしょう》になりました。胸椎《きょうつい》の八番目と九番目が潰《つぶ》れ、とうとう十一番目の骨がなくなってしまいました。それはもうベッドから起き上がれないほどの痛みです。ようやく歩けるようになりましたが、私の身長は以前に比べ十四センチも縮んでしまったのです。いくら老年になったとはいえ、わが身が不自由になるのはつらいことです。重たい荷物を持てないから、まわりの人に持ってもらわなくてはならない。これまでできていたことができなくなる。そのふがいなさがもどかしくてなりません。

若い頃には、人はたくさんのものを持っています。体力はもちろんのこと、気力や美しさも光り輝いている。その溢《あふ》れる力があればこそ、多少の悩みなんか吹き飛ばすこともできる。しかし、その若さは永遠のものではありません。健康な体もやがては病に罹《かか》り、美しかった肌には幾重《いくえ》もの皺《しわ》が刻まれていく。でも、嘆《なげ》いていても何も変わりはしません。嘆いた分だけよくなるのなら、いくらでも嘆けばいい。しかし悩みというのは、嘆いた分だけ大きくなっていくのです。

悩みは、嫉妬《しっと》に似ていると私は思っています。初めは小さかった悩みも、そこにばかり目をやっていると、どんどん雪だるまのように膨《ふく》らんでいく。そして、転がりながら小さな悩みさえもくっつけて、自分ではどうしようもないほどに大きくなっていく。そうなる前に、もう一度客観的に自分自身を眺《なが》めてみることです。これまで持っていたものを失う。それは悲しいことです。しかし失ったものばかりを嘆いていても前には進みません。ふがいない自分としっかり向き合い、そして仲よく生きていくことです。まわりにはたくさんの人がいます。でも、二十四時間ずっと一緒にいるのは自分だけ。その自分を嫌うことなく大切にしてあげなくてはいけない。悩みを抱えている自分もまた、いとおしく思うことです。

失ったものを嘆いても
前には進めない。
悩みを抱えている
自分も大切に。

嘆いてばかりいては、
悩みも嫉妬も雪だるまのように膨らんでしまう。
悩みを抱えている自分をいとおしもう。

一筋の光を探しながら歩む

同じ悩みを抱えた人たち、例えば、ガンを患《わずら》っている人同士が集まったり、あるいは伴侶《はんりょ》を自殺で亡くした人たちが集まって、そこで互いの気持ちを分かち合ったりする場があります。それはそれですばらしいことだと思います。でも、打ち明けたからといって自分の悩みを100%他人に理解してもらうことは不可能です。

同じガン患者にしても、それぞれに症状は違います。年齢も違えば、置かれた環境もさまざま。同じように配偶者を亡くしたといっても、それまでの夫婦の歴史は全く違うものです。そういう意味で、悩みとは人それぞれのもの。いくら相手に打ち明けたところで、全部をわかってもらうことはできない。相手から打ち明けられたとしても、わかってあげられないもどかしさを感じることがあります。結局、自分の悩みは、自分自身が向き合っていくしかないように私は思うのです。そして言い尽くせなかった悩みは、自分一人でお墓まで持っていく。それもまた人生ではないでしょうか。

人間は生きていく限り、多くの悩みから逃れることはできません。その悩みは大小さまざま。時が解決してくれるものもあれば、どんどん大きくなっていくものもあるかもしれない。それでも人は生きていかなくてはならない。絶望の中にも一筋の光を探しながら、明日を生きていかなければなりません。だから私はノートルダム清心学園の卒業生に、聖書にあるこの言葉を贈るのです。

「神は決して、あなたの力に余る試練を与えない」

いかなる悩みにも、きっと神さまは、試練に耐える力と、逃げ道を備えてくださっている。そう信じています。

神は決して、あなたの力に余る試練を与えない。

人間に悩みはつきもの。
けれども、神さまは
試練に耐える力と逃げ道を
きっと備えていてくださる。

迷い

道は必ず開ける

「迷いに迷ったあげく、産みました」かわいい赤ん坊を抱《だ》いて報告に来た卒業生の顔には、苦しみを経験した人にのみ見られる明るさと、大人びた表情がありました。中絶をすすめる周囲からの圧力、産むことによって生じる経済的負担、仕事と育児の両立のむずかしさなどを考慮した末、宿《やど》ったいのちを守り抜く選択をした人の美しさでした。

「授業中にシスターが、神は力に余る試練はお与えにならないとおっしゃったでしょう。本当にそうです。何とかやっていますとと」いいながら、赤ちゃんにほほえみかけていました。

「私にも抱かせて」と抱きながら、「マリア様、どうぞ、この卒業生が迷った末に選んだ決断をほめてやってください。この幼な子の一生をお守りください」と祈りました。

私たちの一生は、「迷い」の連続といってもよいでしょう。小さなことでは、今日は何を着ていこうかという迷いから、大きなことでは、生死にかかわることについての迷いまで、大小さまざまあります。

迷うことができるのも、一つの恵みです。ナチスの収容所に送られた人々には、迷うことは許されませんでした。すべてが命令による強制であり、人は、選択する自由、つまり、迷う自由を剝奪《はくだつ》されていたのです。

「迷った時には、それぞれのプラスとマイナスを書き出し、重みによって決めなさい」修道生活か結婚生活かの選択に迷っていた私に、上司であったアメリカ人神父が教えてくれたことでした。赤ちゃんを産む決心をした卒業生は、大学での講義を思い出し、プラスの欄《らん》に、「神のご加護」と大きく書きこむことにより、自分の迷いに終止符を打ったのでした。

迷うことができるのも、一つの恵み。

迷った時は、
「選択する自由」を与えられたと思って
プラスとマイナスを書き出し、
その重みによって決める。

あいさつ

あなたは大切な人

私の出身校である東京の武蔵野《むさしの》の私立の小学校には、当時の日本のトップリーダーの子女も多く通っていました。その頃珍しい男女共学で、「心の教育」に力を入れ、毎朝、全員が講堂に集まって『心力歌《しんりょくか》』を唱え、大きな鐘《かね》の響きとともに始まる凝念《ぎょうねん》に、指を組み心を静めてから教室に入るのです。

入学してすぐ担任からいわれたことの一つは、「校門を通る時、男の子は必ず帽子を取って守衛さんに、先生にするのと同じ態度であいさつしなさい」ということでした。六年間、これを続けている間に、いつしか習慣になり、これが一つのリーダー学であることに気付いたのは、社会に出てからでした。

土の中の水道管
高いビルの下の下水
大事なものは表に出ない
（相田みつを）

私が、今も職場で特に目立たない働きをしていてくれる人たちにあいさつするのは、多分、小学校で身についたことなのです。学生たちにも、「お掃除や草取りをしていてくださる人たちに、ごあいさつするのですよ」といっています。

「給料を払っているのに、あいさつしたり、ありがとうという必要はないでしょう」という若い教師も、いないではありません。それは、大きな考え違いです。あいさつは、身分や立場とは無関係なのです。特に、あいさつしてもらうことの少ない人たちに、あいさつは、「あなたは、ご大切な人なのですよ」と伝える最良の手段であり、お互いが、お互いのおかげで生きていることを自覚し合う、かけがえのない機会なのです。

あいさつは「あなたは大切な人」と伝える最良の手段。

目立たない仕事をしている人へのあいさつを忘れてはいけない。私たちはお互いに「おかげさま」で生きているのだから。

九年間に一生分の愛を注いでくれた父

父が一九三六年二月二十六日に六十二歳で亡くなった時に、私は九歳でした。その後、母は一九七〇年に八十七歳で天寿を全《まっと》うし、姉と二人の兄も、それぞれ天国へ旅立ちまして、末っ子の私だけが残されています。事件当日は、父と床《とこ》を並べて寝《やす》んでおりました。七十年以上経《た》った今も、雪が縁側の高さまで積もった朝のこと、トラックで乗りつけて来た兵士たちの怒号、銃声、その中で死んでいった父の最期の情景は、私の目と耳にやきついています。

私は、父が陸軍中将として旭川第七師団の師団長だった間に生まれました。九歳までしかともに過ごしていない私に、父の思い出はわずかしかありません。ただし、遅がけに生まれた私を、「この娘《こ》とは長く一緒にいられないから」といって、可愛《かわい》がってくれ、それは兄二人がひがむほどでした。

軍務を終えて帰宅する父を玄関に出迎え、飛びつくのも、私の特権でした。そんな私に、軍服のポケットにしのばせてきたボンボンをそっと父は渡してくれました。和服に着替えてからは、私を膝《ひざ》の上にのせ、小学校で習っていた論語を一緒に読み、易《やさ》しい言葉で意味を教えてくれる父でした。読書を何よりも大切にしていた父にとっても、嬉《うれ》しいひと時ではなかったかと思います。

寡黙《かもく》な人でした。ある日のこと食事で、ふだんは黙っている父が、私たち子どもに、「お母様だって、おいしいものが嫌いじゃないんだよ」といった、そのひと言が忘れられません。母がそっと子どもたちの方に押しやってくれた、おいしいものを、さも当たり前のように食べている私たちへの、父からの注意であり、それはまた、日夜、子どもたちのために尽くしている母へのいたわりとねぎらいの言葉だったのだと思います。

努力の人でした。小学四年までしか学校に行かせてもらえなかった父は、独学で中学の課程を済ませ、陸軍士官学校に優秀な成績で入学、さらに陸軍大学校では、恩賜《おんし》の軍刀をいただいて卒業したと聞いております。決して自慢《じまん》をする人ではなく、これらはすべて、父の死後、母が話してくれたことです。

外国駐在武官として度々《たびたび》外国で生活した父は、語学も堪能だったと思われます。第一次大戦後、ドイツ、オランダ等にも駐在して、身をもって経験したこと、それは、「勝っても負けても戦争は国を疲弊《ひへい》させるだけ、したがって、軍隊は強くてもいいが、戦争だけはしてはいけない」ということでした。

「おれが邪魔なんだよ」と、母に洩《も》らしていたという父は、戦争にひた走ろうとする人々にとってのブレーキであり、その人たちの手によって、いつかは葬《ほうむ》られることも覚悟していたと思われます。その証拠に、二月二十六日の早朝、銃声を聞いた時、父はいち早く枕《まくら》許《もと》の押し入れからピストルを取り出して、応戦の構えを取りました。

死の間際《まぎわ》に父がしてくれたこと、それは銃弾の飛び交う中、傍《そば》で寝ていた私を、壁に立てかけてあった座卓《ざたく》の陰に隠してくれたことでした。かくて父は、生前可愛がった娘の目の前一メートルのところで、娘に見守られて死んだことになります。昭和の大クーデター、二・二六事件の朝のことでした。

「師団長に孫が生まれるのは珍しくないが、子どもが生まれるのは珍しい」このような言葉に、母の心には私を産むためらいがあったとは、私が成長した時、姉が話してくれたことでした。そしてその時、「何の恥ずかしいことがあるものか、産んでおけ」といった父の言葉で、私は生まれたのだとも話してくれました。

もし、そうだとすれば、三十余名の〝敵〟に囲まれて、力尽きた父が、ただ一人で死んでゆかないために、私は産んでもらったのかもしれないと思うことがあります。

父と過ごした九年、その短い間に、私は一生涯分の愛情を受けました。この父の子として生まれたことに、いつも感謝しております。

父と過ごした九年、
その短い間に
一生涯分の愛情を受けた。

愛情の深さと歳月は比例しない。
たとえどんなに短くても、
本物の愛は心を充分に満たしてくれる。

私を支える母の教え

追憶と思い出は、どう違うのだろうと、『広辞苑』を調べたところ、追憶とは「過ぎ去ったことを思い出すこと」と書いてありました。思い出にまつわる感慨《かんがい》とでもいったらよいのでしょうか。歳《とし》を取れば取っただけ、思い出も多くなります。その中で、自分が歳を重ねたからこそ思い出されることといえば、やはり八十七歳まで生きていてくれた母のことです。

母が四十四歳の時に生まれた私は、〝若い母親〟というものを知らずに育ちました。小学校の参観日に、「今日もお祖母様《ばあさま》がいらっしゃったのですね」といわれて、淋《さび》しい思いをしたこともありました。

私自身が八十を越した今も、昔、母からいわれたいくつかの注意を守っています。「駅には三十分前に着いているように。交通信号が青の時は、一度赤になるのを待って、次の青で渡りなさい。途中で赤になると危ないから」

周囲の人たちに呆《あき》れられ、笑われますが、私にとっては、母を思い出す懐かしい機会なのです。そこにはいつも、「いつ、何が起きるかわからないから、いつも準備しておきなさい」という、母の愛情がありました。

母は、高等小学校しか出ていませんでしたが、子どもたちには最高の教育を受けさせてくれました。口応《くちごた》えをいっさい許さず、ぜいたくもさせてくれなかった厳しい母でしたが、私は世界で一番よい母に育ててもらったと思っています。

十億の人に十億の母あらむも
わが母にまさる母ありなむや

暁烏敏《あけがらすはや》が六十歳の時に詠んだといわれる歌が、しみじみ心に沁《し》みるこの頃です。

いつ、何が起きるかわからないから、いつも準備をしておく。

自分が歳を重ねたからこそ、身に沁みる教えがある。経験を積み重ねたからこそ、伝えておきたい言葉がある。

許すための「ゆとり」

2%の余地

私は今、大学生に、「人格論」という授業を教えています。人間は一人ひとり「人格」、「Person（パーソン）」なんだと。自ら判断して、その判断に基づいて選択、決断して、その決断したことに対しては責任をとる、そういう人がパーソンと呼ばれるに値する。右を向けといわれてただ右を向き、一人では渡らないのに、みんなが渡るから赤信号でも渡る。そういう人は人間だけれども人格ではない、というような話をしています。

「人格」である限りは、あなたと相手は違いますし、違っていいていいのです。相手もあなたと同じ考えを持たないで当たり前。「君は君　我は我也　されど仲よき」という、武者小路実篤《むしやのこうじさねあつ》さんの言葉があったと思います。そういう気持ちが大事なのです。自分が一個の人格である時、初めて他人とも真の愛の関係に入れるのです。みんな自分は自分、あなたはあなた。私と違うあなたを尊敬する。相手の人も、自分と違う私を尊重してくれる。そして、その間に愛というものが育っていきます。一人ひとりは別なのです。

失恋にしても、あなたの失恋した時の淋しさと悲しさと、失恋をしたお友だちの淋しさと悲しさは違います。しなかった人と比べたら、ある程度、理解できるかもしれないけれど、「私も経験したからわかるわ」といい切るのは思い上がりではないでしょうか。

この間学生に、「お父様を亡くした友だちに何と声をかけてやったらいいでしょうか。シスターだったら何といわれますか」と聞かれました。私が答えたのは、「ただ傍《そば》にいて手を握ってあげていたらいいと思う。何をいったら相手が慰《なぐさ》められるだろうかじゃなくて、あなたの、本当に相手を想う気持ちが大事なんだから。手を握らないでも傍にいてあげるだけでいい」と。「『私も父親を亡くしたのよ。だからあなたの悲しさはよくわかるわ』なんていうことはあまり安易にいわないようにしなさい」と。

あなたがお父様を亡くして悲しかったその悲しみと、お友だちがお父様をお亡くしになっての悲しみとは、決して同じではない。お互い別々の人間だから、共通するところもあるけれどもわかり切れないところもあるのです。

人間は決して完全にわかり合えない。だから、どれほど相手を信頼していても、「100%信頼しちゃだめよ、98%にしなさい。あとの2%は相手が間違った時の許しのために取っておきなさい」といっています。

人間は不完全なものです。それなのに100%信頼するから、許せなくなる。100%信頼した出会いはかえって壊れやすいと思います。「あなたは私を信頼してくれているけれども、私は神さまじゃないから間違う余地があることを忘れないでね」ということと、「私もあなたをほかの人よりもずっと信頼するけど、あなたは神さまじゃないと私は知っているから、間違ってもいいのよ」ということと……。そういう「ゆとり」が、その2%にあるような気がします。

間違うことを許すという「ゆとり」。それは、教師との間にしても友だち同士にしても大事なことです。

この話をすると、学生たちが初めは「えっ？」という顔をします。「シスターは不信感を植えつけるのですか」「シスターのことだから、120%相手を信頼しなさいというと思っていた」と。でも「その2%は許しのため」というと納得します。私でも、100%信頼されたら迷惑だといいます。私も間違う余地を残しておいてほしいから。誠実に生きるつもりだけれど、間違うこともあるかもしれないし、約束を忘れることもあるかもしれない。そういう時に許してほしいから。

信頼は98%。あとの2%は相手が間違った時の許しのために取っておく。

この世に完璧な人間などいない。
心に2%のゆとりがあれば、
相手の間違いを許すことができる。

渡辺和子

1927年2月、教育総監・渡辺錠太郎の次女として生まれる。聖心女子大学を経て、54年上智大学大学院修了。56年、ノートルダム修道女会に入りアメリカに派遣され、ボストン・カレッジ大学院に学ぶ。ノートルダム清心女子大学（岡山）教授、同大学学長を経て、同学園理事長を務める。2016年12月帰天。1974年、岡山県文化賞、79年、山陽新聞賞、岡山県社会福祉協議会より済世賞、86年、ソロプチミスト日本財団より千嘉代子賞、89年、三木記念賞受賞。2016年には旭日中綬章を受章。12年に出版した『置かれた場所で咲きなさい』は230万部を超え、5年連続でベストセラーランキングに入る。他の著書に『面倒だから、しよう』（小社刊）などがある。

本書は、『置かれた場所で咲きなさい』（幻冬舎）を再編集したものです。

装幀　石間淳
画　北原明日香
写真提供　学校法人成蹊学園
撮影　土屋明
DTP　美創

大きな文字で読みやすい
置かれた場所で咲きなさい
2017年９月５日　第1刷発行
2022年11月15日　第3刷発行

著者
渡辺和子

発行者
見城 徹

発行所
株式会社 幻冬舎

〒151-0051　東京都渋谷区千駄ヶ谷4-9-7
電話　03(5411)6211（編集）
03(5411)6222（営業）
公式HP：https://www.gentosha.co.jp/

印刷・製本所
図書印刷株式会社

検印廃止

ISBN978-4-344-03166-1　C0095

この本に関するご意見・ご感想は、
下記アンケートフォームからお寄せください。
https://www.gentosha.co.jp/e/

シスター渡辺和子の本

230万部 国民的ベストセラー

置かれた場所で咲きなさい

置かれたところこそが、今のあなたの居場所なのです。時間の使い方は、そのまま いのちの使い方です。自らが咲く努力を忘れてはなりません。雨の日、風の日、どうしても咲けない時は根を下へ下へと伸ばしましょう。次に咲く花がより大きく、美しいものとなるように。心迷うすべての人へ向けた、必読の書。

◉文庫版
定価（本体500円＋税）

◉B6変形判
定価（本体952円＋税）

60万部突破

面倒だから、しよう

小さなことこそ、心をこめて、ていねいに。安易に流れやすい、自分の怠け心と闘った時に初めて、本当の美しさ、自分らしさが生まれてくる。時間の使い方は、いのちの使い方。この世に雑用はない。用を雑にした時に、雑用は生まれる。〝置かれた場所で咲く〟ために、実践できる心のあり方、考え方。毎日を新しく生きるためのベストセラー第2弾。

◉B6変形判
定価（本体952円＋税）

◉文庫版
定価（本体500円＋税）